TROIS HÉROS

Les Frères Doumer

PARIS

LIBRAIRIE VUIBERT

63, BOULEVARD SAINT-GERMAIN, 63

1920

Les Frères Doumer

TROIS HÉROS

es Frères oumer

PARIS

LIBRAIRIE VUIBERT

, BOULEVARD SAINT - GERMAIN, 63,

1920

Lettre de *M. Léon Bourgeois*
à *M. Paul Doumer*

Paris, 24 Novembre 1918.

Mon cher ami,

Vous vous êtes rappelé que j'étais avec vous, le 23 juin, le jour où, allant aux armées, vous êtes venu embrasser votre fils Marcel, au moment où il préparait le départ de son escadrille pour la grande contre-offensive de l'armée Mangin.

Je vois encore son mâle visage, son regard fier, et j'entends sa voix vous dire un adieu qui devait être le dernier.

Et vous avez voulu que je rappelle ici ce douloureux souvenir. .

Mon ami, vous vous êtes, toute votre vie, consacré au relèvement et à la grandeur de la France.

Et vous lui avez donné trois de vos fils.

Ce qu'ils ont été, comment ils ont combattu, ce petit livre le dira, par la bouche de leurs chefs, de leurs compagnons d'armes, par les citations à l'ordre de l'armée où éclate à chaque ligne l'admiration de tous pour leur héroïsme incomparable.

André, tué deux mois à peine après le début de la guerre, le 24 septembre 1914, en exposant sa vie pour sauver celle de ses soldats.

René, tué le 26 avril 1917, dans un combat sans égal, seul contre six avions ennemis, après avoir, pendant quatorze mois de combats aériens, abattu sept avions allemands et mérité cinq citations éclatantes ; René, sur la tombe duquel ce sont les ennemis eux-mêmes qui ont été obligés d'écrire ces mots : « Mort en héros ».

Marcel, enfin, le combattant de la Somme, de l'Ourcq, de l'Artois, des Flandres, du Chemin des Dames, le vainqueur aérien quatre fois porté à l'ordre de l'armée, se sacrifiant dans un dernier combat « d'une folle bravoure » et, comme l'ont écrit ses camarades, « laissant son âme vivante au milieu de ses soldats ».

L'un de vos fils a dit cette simple et sublime parole : « Je meurs content ». Tous trois sont morts avec cette même pensée. Ils ne veulent pas être pleurés.

Vous avez, mon ami, il y a quelques années, écrit le *Livre de mes Fils*. Vos fils ont vécu vos leçons ; ils les ont vécues jusqu'à la mort.

Hélas, ils n'auront pas vu cette victoire où resplendit la France immortelle, et c'est pour vous, peut-être, la plus cruelle de vos douleurs. Mais le nom que vous leur avez donné survivra dans la gloire, et je sais bien que c'est cette pensée qui a séché vos larmes et qui vous tient droit et infatigable dans la tâche de dévouement à la Patrie que vous poursuivez.

LÉON BOURGEOIS.

AU CHAMP D'HONNEUR

✳

Les notices nécrologiques qui sont ici réunies ont paru d'abord dans le bulletin d'une Société d'études sociales qui a vu ses amis les meilleurs cruellement éprouvés au cours de la guerre. Elle s'est associée à leurs deuils en saluant ceux des leurs tombés pour la Patrie.

Parmi les plus durement frappés, nous avons eu la tristesse de compter un des meilleurs des nôtres, M. Paul Doumer. Le 24 septembre 1914, presque au début des hostilités, le lieutenant André Doumer était tué, en Lorraine. Le 26 avril 1917, le capitaine René Doumer succombait dans la bataille de l'Aisne, après un combat aérien qu'il avait soutenu seul contre plusieurs avions ennemis. Le 28 juin 1918,

le capitaine Marcel Doumer tombait, à la
tête de son escadrille, au cours d'une victorieuse contre-offensive de l'armée du
général Mangin, entreprise pour dégager
la forêt de Villers-Cotterets.

Trois fils donnés à la France ! Inclinons-nous pieusement.

Ce qu'ils firent, pour la Cause sainte
contre la ruée des Barbares ; les espoirs
qu'ils avaient suscités par leur claire intelligence, leur droiture, leur caractère ;
l'estime particulière où les tenaient leurs
camarades et leurs chefs ; les sympathies,
enfin, dont ils étaient entourés, en raison,
non seulement d'un nom cher à l'armée,
porté dignement, mais, en outre, de rares
qualités personnelles, appréciées de qui-
conque les avait approchés, — il eût fallu,
pour le dire, mieux que ces brèves notices.
Peut-être, cependant, en leur concision
même, exposant simplement des faits, des
actes, et ayant pour toute illustration le
texte de citations à l'ordre de l'armée,
sembleront-elles l'hommage qui sied pour
de telles mémoires.

Ce salut respectueux à de jeunes héros, morts au champ d'honneur, va aussi à celui qui, en plein accord avec une femme d'élite, mère de famille accomplie, Madame Paul Doumer, forma leur âme de soldat et de bon Français.

Ils s'étaient imprégnés de ces préceptes :

« Nos fils devront être des hommes de courage.

« Ils apprendront à aller avec sérénité, vaillamment et simplement, au-devant de tout ce qui fait reculer les lâches : la responsabilité, le dur labeur, la fatigue, le péril et la mort.

« Ils aimeront la vie, parce qu'elle est bonne à qui est digne de vivre ; mais ils n'y attacheront pas un tel prix qu'ils ne soient prêts à la sacrifier, sans hésitation et sans regret, au bien de la Nation, à leur famille, à leurs semblables en danger.

« Un homme n'est grand que s'il a vu la mort de près et l'a regardée en face, froid et impassible. »

Se peut-il concevoir conseils d'abnégation plus absolue, d'énergie plus réflé-
chie, de patriotisme plus ardent ? M. Paul
Doumer les a exprimés, s'adressant à
toute la jeunesse française, dans le *Livre
de mes Fils*, cet ouvrage évocateur de
pensées et créateur d'hommes, publié il
y a quatorze ans.

Et ils y avaient lu également :

« Aime l'armée, où ta place est mar-
quée, jeune homme qui lis ces pages ;
aime tes compagnons de rang : ils cons-
tituent pour toi une seconde famille.
Vous aurez à vous aider, à combattre, et
peut-être à mourir ensemble. Soyez unis
par la fraternité du labeur, par la fraternité
du courage et la sereine fraternité de la
mort.

« Accepte gaiement la charge du service militaire ; prépare-toi, entraîne-toi ;
développe la force et la souplesse de ton
corps, comme les qualités viriles de ton
âme.

« Sois le soldat robuste, discipliné et vaillant que la Patrie réclame. »

Élevés à une telle école, dans une famille où la conscience du devoir est à la base de l'éducation, Marcel, René et André Doumer ne pouvaient qu'être au premier rang des combattants.

Il ne leur a pas été donné de voir la victoire, mais ils étaient de ceux qui jamais ne la crurent douteuse : quand on lutte pour le triomphe du Droit, quand on verse son sang pour la France, on a la certitude au cœur.

Le crime commis en 1871 va être réparé. L'Alsace et la Lorraine font retour à la France. C'est la revanche, pour laquelle les pères fidèles à la Patrie dressèrent l'âme de leurs fils.

Mais cette œuvre peut-elle, maintenant, contenter la justice ? L'invasion ne se paiera-t-elle pas ? De plus, l'ennemi aura-t-il été suffisamment désarmé ? Toutes les garanties nécessaires auront-

elles été prises contre la nation de proie ?
Que d'anxiétés encore !

Aux générations nouvelles de méditer
les leçons de cette guerre. Qu'elles
apprennent, elles aussi, à se souvenir.
Qu'elles se tiennent toujours prêtes ; sinon
tant de sacrifices risqueraient d'être rendus vains et nos morts auraient été trahis.

PAUL DELOMBRE.

ANDRÉ DOUMER

Lieutenant au 8ᵉ d'Artillerie,
Commandant la 22ᵉ Batterie.

Blessé mortellement à Hoéville, le 24 septembre 1914,
mort le même jour à l'Hôpital militaire de Nancy,
âgé de vingt-cinq ans.

ANDRÉ DOUMER

Le Lieutenant

ANDRÉ DOUMER

———

Lorsque la guerre éclata, au mois d'août 1914, André Doumer avait vingt-cinq ans. Il était lieutenant au 8e régiment d'artillerie, en garnison à Nancy. Affecté à la 22e batterie, dont il devait prendre le commandement quelques jours plus tard, il fit partie de la 70e division d'infanterie, formée à Toul sous le commandement du général Fayolle.

Cette division et son chef s'illustrèrent dans les batailles rudes et sanglantes livrées en Lorraine, au cours des mois d'août et de septembre 1914, sous les ordres du général de Castelnau. Elle eut sa grande part du succès de la bataille de Nancy et spécialement de la défense du Grand Couronné. La lutte d'artillerie

2

fut alors formidable, telle qu'on n'en avait pas encore vu de semblable dans le monde.

L'ennemi battu dut reculer. Nos troupes avancèrent leurs lignes et l'artillerie occupa les emplacements mêmes où, quelques jours plus tôt, étaient les canons allemands. La 22ᵉ batterie se porta sur la contre-pente du mamelon qui domine le village de Hoéville et la Loutre noire.

Elle y était installée, le 24 septembre, quand elle fut soumise au bombardement de l'artillerie allemande. Son chef, le lieutenant André Doumer, fit abriter le personnel de la batterie et se porta seul en avant, pour reconnaître la position ennemie afin de la contre-battre. Il suivait, sous les projectiles, le chemin qui conduit à la forêt de Bezanges, derrière laquelle les pièces en action étaient dissimulées, quand un obus vint tomber près de lui ; un éclat le frappa en pleine poitrine.

Relevé par les soldats d'infanterie sortis des tranchées voisines, il fut trans-

porté à l'hôpital militaire de Nancy. Son
état parut dès l'abord désespéré. Une
opération fut tentée cependant, mais en
vain. Le lieutenant André Doumer suc-
comba le soir même. On était au 24 septembre 1914, moins de deux mois après
l'ouverture des hostilités.

Sa mort fut portée à l'ordre de l'armée
par la citation suivante :

« André Doumer, lieutenant au 8e d'artillerie,
commandant la 22e batterie :

« A toujours fait preuve de la plus grande
bravoure.

« A été blessé mortellement le 24 septembre
1914, en s'approchant d'une crête située en
avant de son poste d'observation pour essayer
de découvrir une batterie ennemie qui bombardait sa position. »

Le commandant du groupe d'artillerie dont faisait partie la 22e batterie
écrivait, en communiquant la citation à
l'ordre de l'armée :

« C'est un hommage rendu à la mémoire du
lieutenant André Doumer, et je puis affirmer
que nul ne méritait autant que lui cette distinc-

tion... C'est grâce à lui que j'ai été moi-même cité à l'ordre de la division. »

Ce même officier supérieur disait, dans une autre lettre :

« Le général Fayolle, qui commande la 70e division, se plaît à reconnaître les mérites de son artillerie divisionnaire en général, et en particulier du groupe du ·8e que j'ai l'honneur de commander. Il a déclaré hautement que c'était son artillerie qui avait, le 25 août, arrêté à Courberseaux les Bavarois dans leur marche sur Nancy.

« Quel beau travail le lieutenant Doumer et moi avons fait ce jour-là !... »

Le colonel commandant l'artillerie divisionnaire écrivait, le 25 septembre 1914 :

« Au moment où la tombe du lieutenant André Doumer vient de se refermer sans que j'aie pu lui adresser un suprême adieu, je tiens à dire tout le bien que je pensais de lui. Je le considérais comme l'un des meilleurs officiers de mes batteries, et j'avais hautement apprécié la fermeté de son caractère, la maturité de son jugement et sa belle attitude au feu pendant nos combats presque journaliers...

« Il a été victime de son mépris du danger. Surpris par un tir inopiné de l'ennemi, il a bien pensé à faire abriter son personnel, mais, habitué à des tirs de bombardement prolongés et violents, il n'a pas fait pour lui ce qu'il avait ordonné pour ses hommes. »

Un autre de ses chefs fait de lui ce portrait :

« Le lieutenant Doumer était, physiquement et moralement, un des plus beaux types de soldat qu'on puisse voir.

« Une force musculaire et une agilité extraordinaires, un absolu mépris du danger, une vue nette des situations, une rapidité de décision, une hardiesse, une audace, un esprit de sacrifice, un amour ardent de la Patrie en faisaient un officier comme il en est peu dans la guerre. Avec cela, une fraternelle bonté qui lui valait l'affection profonde de ses hommes, auxquels il pouvait tout demander, jusqu'à des efforts surhumains.

« Il est à déplorer, pour la France, que André Doumer soit tombé au début des hostilités, sans avoir donné sa mesure, sans avoir pu faire les grandes choses que tous nous le croyions appelé à accomplir. C'est un beau soldat et un vrai chef qui a disparu bien prématurément... »

Le capitaine commandant une batterie voisine de celle du lieutenant Doumer expose son héroïsme dans les combats d'août et du commencement de septembre 1914, et dit :

« Les 4, 5 et 6 septembre, devant Genellencourt, j'eus, comme mes camarades, l'occasion d'admirer le calme et le sang-froid d'André Doumer, dont l'ascendant sur ses hommes était très remarqué. Durant le feu terrible que nous eûmes à essuyer le 8 et le 9 septembre (¹), en avant de Buissoncourt, de nouveau voisins de batterie, je pus apprécier son courage et son dévouement à ses soldats. Relevant, portant même sur l'épaule les blessés qui tombaient nombreux, il ne songeait qu'à eux, qu'à la bonne marche du tir de sa batterie et du ravitaillement, semblant invulnérable, impassible sous la pluie de mitraille qui tombait.

« Il a fallu qu'hier une batterie allemande de 150, située à la ferme de la Haute-Burtecourt, arrosât la crête derrière laquelle se trouvait sa batterie. Il s'occupa à faire abriter ses hommes, puis se porta en avant. C'est là, au croisement

(¹) Le 8 septembre, en quelques instants, la batterie d'André Doumer perdit 16 hommes sur 40. « C'est par son attitude, son calme, son ardeur, écrit son chef, qu'il a pu maintenir les hommes sous un pareil bombardement. Si la 22ᵉ batterie a été félicitée pour son endurance au feu, c'est au lieutenant Doumer qu'en revenait le mérite. »

des chemins de Moncel et de Bezanges-la-Grande, qu'un éclat d'obus vint le frapper. »

Tous les officiers qui ont écrit à propos de la mort de leur camarade André Doumer disent de même : c'était la bravoure et l'entrain personnifiés. Il rassérénait et animait tout le monde aux heures du péril ; « c'était l'âme de notre groupe ».

Quand il fut relevé et transporté au village de Hoéville par les fantassins qui l'avaient vu tomber, il souffrait horriblement de la large blessure qui déchirait sa poitrine, mais il ne faisait entendre aucun gémissement, aucune plainte. On le piqua à la morphine pour calmer ses douleurs, et il put parler.

S'adressant à son camarade, commandant de la 21ᵉ batterie, qui était venu le retrouver à Hoéville, il lui dit :

« Vous voudrez bien, quand vous le pourrez, aller voir mon père et lui faire savoir que je suis tombé à ma place, en faisant mon devoir ; dites-lui que je meurs content, et je suis sûr qu'il sera content de moi. »

Puis il fit des recommandations au sujet de sa batterie, du matériel dont il y avait lieu de s'occuper, de ses chers canonniers qui ne devaient pas souffrir de son absence et devaient, comme les autres jours, avoir leur repas à l'heure.

Il n'oubliait rien, malgré sa faiblesse et ses souffrances, pour que soit fait tout ce que le bien du service exigeait et qu'il ne pourrait plus faire lui-même.

Une automobile l'emporta à Nancy, à l'hôpital militaire, où il arriva trois heures après sa blessure. « Son état était désespéré, sans pouls, la face terreuse, avec l'aspect que nous connaissons trop, hélas !... » écrivait le chirurgien en chef à l'un de ses confrères de Paris. Pendant l'opération, le chirurgien eut peur de voir le blessé succomber entre ses mains. L'éclat d'obus avait transpercé le foie, qui saignait à flot. « Il n'a survécu que quelques heures, dit le chirurgien, et il s'est éteint sans une plainte, avec un héroïsme merveilleux. » Et il ajoute : « C'était un héros, m'ont dit ses camarades; mais il n'avait pas assez de prudence et s'exposait à plaisir. Vous pensez quel a été mon chagrin de ne pouvoir sauver un officier de cette valeur. »

Auprès du lieutenant Doumer, à ce moment suprême, se trouvait un professeur de la Faculté des sciences de Nancy, avec qui le jeune officier avait travaillé les questions d'aérodynamique et de télégraphie sans fil. « C'est là, écrit le professeur, que j'ai appris à connaître son charmant caractère et sa haute valeur morale... Il avait une telle foi dans la force de la France, une telle confiance en ses canons qu'il communiquait son enthousiasme à ses camarades de laboratoire. Pour moi, c'était une joie de l'entendre parler. »

Le savant professeur s'était mis à la disposition de l'armée, à la mobilisation, et avait été affecté à l'hôpital militaire de

Nancy. « Là, dit-il, j'eus la douleur de voir apporter sur un brancard le vaillant jeune homme qui m'avait inspiré une si profonde sympathie. C'était bien le même visage souriant, mais plus mâle, plus grave, fortifié par la dure campagne. On voulut bien m'autoriser à assister à l'opération et ensuite à l'accompagner quelques instants dans sa chambre. Dès qu'il reposa dans son lit, il ouvrit les yeux et m'aperçut parmi les étrangers qui l'entouraient ; son visage s'éclaira. J'eus la joie de le voir se soulever et essayer de me tendre les mains. Tout en le maintenant sous ses couvertures, je lui expliquai ma présence et promis de venir souvent près de lui. Il me rappela pour me dire qu'il était bien, bien heureux de m'avoir vu.

« Quand je le retrouvai, une heure plus tard, ses pauvres mains étaient déjà toutes froides. Il me dit qu'il ne se sentait pas bien. Et comme j'essayais de le rassurer :

« — Ne croyez pas, dit-il vivement,

que j'aie peur; je ne crains pas la mort!

« Et, fermant un moment les yeux pour réfléchir, il ajouta :

« — Mais cela fera beaucoup de peine à mes parents.

« Ce sont les dernières paroles que je l'ai entendu prononcer. »

L'honorable professeur termine son récit par ces lignes :

« Le lendemain matin, un adjudant et des soldats du 8e d'artillerie vinrent, de la part du colonel et de leurs camarades, demander des nouvelles du lieutenant Doumer. Je ne pus que les conduire près du corps de leur jeune chef. Ils pleurèrent à grosses larmes, avec moi.

« C'est par eux que j'appris tous les actes de courage de mon ancien élève... Souvent, me dirent-ils, quand les hommes de sa batterie étaient au repos, la nuit, il partait en avant, un mousqueton à la main, allait rejoindre les fantassins et s'aventurait jusque dans les lignes allemandes. C'est après avoir fait abriter tous les siens, allant vers les batteries ennemies, qu'il fut frappé à mort...

« Un soldat tel qu'André Doumer ne doit pas être pleuré ; c'est avec fierté qu'on pensera à lui et qu'on prononcera désormais son nom. »

De retour à leur batterie, les soldats qui étaient venus à l'hôpital annoncèrent à leurs camarades la mort du chef qu'ils avaient tant admiré dans les combats et qu'ils aimaient de tout leur cœur. Tous ensemble, ils signèrent une lettre, adressée aux parents d'André Doumer, qui est ainsi conçue :

« Madame et Monsieur,

« Permettez aux sous-officiers et aux canonniers ayant servi sous les ordres de votre fils de vous adresser, à l'occasion de sa fin glorieuse, l'expression de leurs sincères condoléances. Vous pouvez être fiers de tels enfants, son frère ([1]) et lui.

« Tous ceux qui ont combattu aux côtés du lieutenant André Doumer ne sauraient trop

([1]) René Doumer, blessé le 22 août 1914, près de Lunéville, combattait dans la même armée.

reconnaître ses hautes qualités. Par sa bravoure, son entrain, son excellent cœur, il avait su conquérir tous ses hommes. Nous l'avons vu dans les différents combats, sous les balles et les obus, s'exposer plus que personne, préserver et panser ses hommes blessés, donner à tous l'exemple du courage au feu. Et c'est en commandant de s'abriter, au moment où une rafale s'abattait sur nous, qu'il fut mortellement atteint. Nous ne saurions dépeindre notre douleur en apprenant le dénouement tragique de sa blessure.

« Pour tous, il était plus que l'officier; il était le camarade, l'ami à qui n'importe lequel d'entre nous pouvait se confier...

« Les sous-officiers et canonniers de la 22e batterie du 8e d'artillerie. »

(Suivent les signatures.)

Dans la capote, déchirée par la mitraille, que portait André Doumer lorsqu'il fut frappé, se trouvait une petite photographie de son père sur laquelle il avait inscrit cette devise, mise au frontispice d'un livre écrit pour ses frères et pour lui : *Fais ce que dois !*

Une feuille de papier portait, tracés au crayon, ces vers de Déroulède :

> Le cœur joyeux, l'âme ravie,
> Au détour de quelque chemin,
> Je tomberai pour la Patrie,
> L'épée en main.

Il est bien tombé ainsi, au détour du chemin de Bezanges, heureux de donner à la France sa souffrance et sa vie.

Deux jours après, son enterrement eut lieu au cimetière de Nancy. En un discours que ponctuaient les éclats de la canonnade, M. Mirman, préfet de Meurthe-et-Moselle, salua, dans le jeune et vaillant héros, l'un des vainqueurs des grandes batailles qui sauvèrent la Patrie.

André Doumer dort son éternel sommeil dans la terre lorraine, là où il a succombé, dans la ville de Nancy que le feu de ses canons a contribué à préserver des atteintes de l'ennemi.

RENÉ DOUMER

Capitaine au 2ᵉ Bataillon de Chasseurs a pied,
Commandant l'Escadrille de Chasse N. 76.

*Tué en combat aérien, au nord de Brimont,
le 26 avril 1917, à l'âge de vingt-neuf ans.*

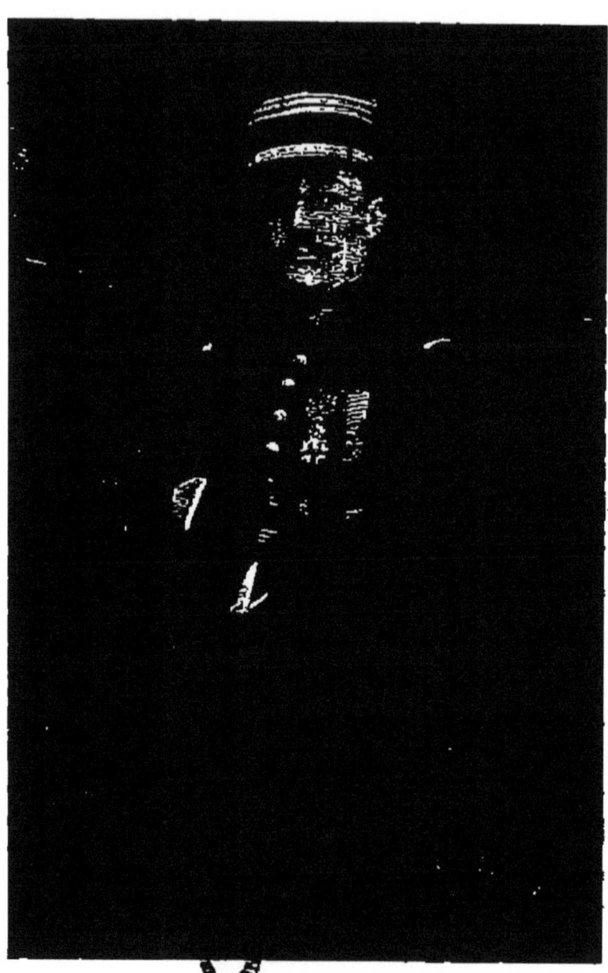

RENÉ DOUMER

Le Capitaine

RENÉ DOUMER

———

René Doumer, capitaine au 2ᵉ bataillon
de chasseurs à pied, commandant l'escadrille de chasse de la Vᵉ armée, a été tué
dans un combat aérien qu'il livrait seul
contre plusieurs avions ennemis, dans la
bataille de l'Aisne, le 26 avril 1917.

Sa mort a été portée à l'ordre de l'armée par la citation suivante :

« Magnifique modèle du chef et du soldat.
Exemple vivant de bravoure et d'honneur
militaire. S'est imposé à l'admiration de tous
ceux qui l'ont connu. A abattu sept avions
ennemis. Est mort glorieusement le 26 avril 1917
en se sacrifiant pour sauver un avion de corps
d'armée aux prises avec un ennemi supérieur. »

Le capitaine René Doumer avait vingt-
neuf ans. Il était né à Laon, non loin du

champ de bataille où il devait glorieusement mourir.

Licencié en droit, nommé après con-
cours rédacteur à la Banque de France, il
avait été successivement employé dans
les succursales de la Banque, à Reims et
à Nancy. Il épousa, en 1911, la fille du
directeur de cette dernière succursale,
M. Matray, puis il entra, comme secrétaire du conseil, à la « Banque Privée »,
dont il devint secrétaire général.

Officier de réserve, d'abord au 45e régiment d'infanterie, il demanda à être
affecté au 2e bataillon de chasseurs à pied,
à Lunéville. Après les manœuvres du
camp de Mailly, au printemps de 1914,
il fut nommé lieutenant. C'est en cette
qualité qu'il rejoignit le 2e bataillon de
chasseurs dans la période de tension qui
précéda la mobilisation générale. Troupe
de couverture, le bataillon était engagé,
dès le 3 août 1914, contre les chevau-
légers allemands de Dieuze, dont il
repoussait l'agression. Il combattait à

l'avant-garde dans la bataille offensive de Sarrebourg-Morhange et il prenait place à l'arrière-garde quand la retraite fut ordonnée.

Le lieutenant René Doumer, mêlé depuis le début à toutes les actions, tombait grièvement blessé, non loin de Lunéville, le 22 août 1914. Il fut décoré de la Légion d'honneur avec ce motif comportant citation à l'ordre de l'armée :

« Frappé d'une balle à la cuisse au moment où il s'élançait d'une tranchée à la tête de sa section, il s'est relevé immédiatement et a continué à exercer le commandement sous le feu. »

La blessure, sérieuse en elle-même, fut aggravée par la perte de sang pendant tout le temps que dura le combat et par la boue qui pénétrait dans l'ouverture des chairs. Puis ce fut l'abandon, sous la pression de l'ennemi qui avançait, du lieutenant et de dix-sept sous-officiers et soldats frappés également, dans le bois où ils avaient été transportés.

Le lieutenant Doumer fit si bien qu'à l'aide d'une mauvaise charrette de paysan réquisitionnée pour porter ceux qui étaient, comme lui, incapables de marcher, il passa dans la nuit à travers les avant-gardes allemandes et arriva le matin dans les lignes françaises avec sa petite troupe de blessés.

Les ambulances avaient été repliées en hâte ; le combat faisait rage. Ce n'est que beaucoup plus tard que le lieutenant put être pansé. Il était épuisé par la perte de sang et l'on constatait bientôt un commencement de gangrène.

Ce furent de longs mois de souffrance et d'opérations successives qui mirent un moment sa vie en danger. Finalement, il était guéri, boitant et déclaré inapte désormais à servir dans l'infanterie.

Dans sa convalescence, il avait été attaché à l'état-major du général Galliéni, au gouvernement militaire de Paris. Il sollicita l'examen d'un de nos plus grands chirurgiens afin que fût tentée une nouvelle opération qui lui rendrait un usage suffisant de sa jambe pour être admis dans l'aviation. L'opération réussit. Le lieutenant Doumer entra dans la seule arme où il lui était encore possible de combattre. En deux mois, son instruction était achevée et il avait son brevet de pilote.

Dans un livre récent consacré aux grands aviateurs disparus (*Chasseurs de Boches*, par Jacques Mortane), on résume ainsi les débuts de pilote du lieutenant Doumer :

« Breveté le 26 février 1916, il part au front sur Caudron. Pilote de reconnaissance et de réglage, il se fait vite remarquer : le 19 mars, au cours d'une mission de protection, il fait face à trois biplans ennemis et réussit, après un combat à courte distance, à atteindre un de ses adversaires qui descend désemparé et s'effondre sur le sol. Quelques jours plus tard, le 30 mars, avec le soldat Warnotte, mitrailleur, il se précipite sur un Fokker et l'abat, malgré les avantages matériels de l'adversaire.

« Donc, un mois après avoir obtenu son brevet, il a déjà deux victoires à son actif, dont une remportée moins de trois semaines à la suite de sa consécration de pilote. C'est un record unique dans l'aviation. »

Sa double victoire fait l'objet d'une citation élogieuse du général commandant la IVe armée à laquelle il appartient.

Passé dans une escadrille de chasse, il est détaché à Verdun, avec cinq autres pilotes dont trois n'en devaient pas revenir. « Il livre dix combats sur le front de Verdun, dominant chaque fois et mettant en fuite ses adversaires », dit son chef en le proposant pour le grade de capitaine. Et la proposition est, en outre, justifiée en ces termes :

« Officier remarquable à tous les points de vue. Caractère droit, modeste, intelligent, très énergique, extrêmement dévoué et consciencieux ; il a de son devoir patriotique une conception très élevée qui l'incline naturellement aux plus nobles sacrifices. »

L'ouvrage consacré aux aviateurs connus, dont il vient d'être question, conte quelques-uns des faits de la carrière de René Doumer :

« Le 23 octobre 1916, dit-il, Doumer abat un rival au nord d'Azannes, et, trois jours plus tard, réalise un tour de force alors très rare : il descend à quelques mètres du sol et mitraille sans merci des colonnes et rassemblements ennemis.

« Il passe capitaine, n'en profite pas pour se reposer et continue. Le 2 décembre, sur un Morane-Saulnier parasol, avec le sous-lieutenant Henriot comme observateur, il effectue une reconnaissance photographique à longue portée. Trois Nieuport de son escadrille l'escortent. A hauteur de la ferme de Médéah, il avise un avion ennemi qui porte deux cocardes tricolores sur les plans supérieurs et des croix noires sous les plans inférieurs. Il se précipite contre le lâche qui emploie de semblables procédés, le met en fuite et poursuit sa mission.

« Le 11 décembre, il part en reconnaissance avec le lieutenant Cauboue, tous les deux sur monoplace. Les nuages cachent le sol. Comment faire? Rentrer? Jamais ! Insister? Pourquoi pas? Et les deux camarades passent au-dessous des nuées. Ils opèrent en pays ennemi à moins de 400 mètres du sol et sont assez heureux pour reconnaître l'existence d'une voie ferrée que nous ignorions. Doumer pousse jusqu'à Sainte-Croix, à 15 kilomètres à l'intérieur des lignes, où il est accueilli à coups de fusil par des fractions d'infanterie sur lesquelles il riposte avec sa mitrailleuse.

« Le 24 décembre, il poursuit à 12 kilomètres en territoire boche un Rumpler qu'il attaque et réussit à vaincre : il le voit tomber vers le sol, mais trop loin pour que nos observateurs terrestres puissent lui assurer l'homologation.

« En 1917, les succès du héros se succèdent rapidement : c'est d'abord, le 23 janvier, la citation au communiqué. Avec le maréchal des logis Bazinet, pilote de son escadrille, il parvint à abattre un avion au nord de Craonne. Le 8 février, vers midi, deux avions allemands franchissent nos lignes à grande hauteur, espérant trouver nos pilotes placidement en train de déjeuner. Mais le capitaine Doumer veille. Il se lance à la poursuite, rejoint l'un des boches au-dessus de Rosnay, le poursuit jusqu'à Anizy-le-Château, l'empêchant d'accomplir sa mission, et rentre en hâte dans nos lignes, son moteur en panne et passant au-dessus des tranchées à 1 900 mètres d'altitude.

« Le lendemain, il attaque un ennemi à 7 kilomètres dans les lignes allemandes et le force à atterrir. Au cours du combat, il a son hélice brisée par une balle et réussit cependant à regagner son terrain. Le 17 mars, encore avec le maréchal des logis Bazinet, il attaque un biplace qui se brise en l'air et s'abat en flammes, près de Corbeny. C'est sa sixième victoire officielle, suivie bientôt d'une autre le 30 mars.

« Quelques jours avant sa mort, il s'en va faire une croisière, seul, loin à l'intérieur des lignes ennemies. Il rencontre un groupe de six boches : il se précipite parmi eux, en endommage plusieurs, a lui-même son appareil atteint en maints endroits, continue sa randonnée. Les blessures de son biplan l'obligent à descendre d'une façon inquiétante. Maintenant, il combat avec toute son énergie pour rentrer. Il va y parvenir, lorsqu'il avise un drachen en ascension. Il baisse encore, va l'attaquer et l'oblige à se faire ramener au sol. Là, de nouveau, il reçoit de nombreux projectiles puis réussit à regagner le territoire français. »

Entre temps, il avait découvert l'emplacement de la formidable pièce d'artillerie qui bombardait à longue portée l'arrière de nos lignes et la ville de Châlons. Elle était cachée et bien gardée. Plusieurs avions du corps d'armée, successivement envoyés pour la repérer, avaient été détruits. On fit appel à l'escadrille de chasse du capitaine Doumer. Le succès de la périlleuse entreprise fit l'objet de la citation que voici :

« Chargé par le général commandant le 37e corps d'armée d'exécuter une reconnaissance difficile, le capitaine Doumer a tenu à l'exécuter lui-même, de concert avec un avion de son escadrille, malgré des conditions atmosphériques très mauvaises qui l'ont obligé à voler très bas dans les lignes ennemies, et a rapporté les renseignements les plus détaillés et les plus précis sur tous les points qui avaient motivé la reconnaissance. »

La grande exploration qu'il fit des positions successives de l'ennemi, huit jours avant notre offensive de l'Aisne du 16 avril 1917, et où il avait dû soutenir de nombreux et périlleux combats, valut au capitaine René Doumer la dernière de ses citations, avant celle qui consacra l'héroïsme de sa mort. Elle est conçue en ces termes :

« Le 8 avril, a fait une reconnaissance de 150 kilomètres à l'intérieur des lignes ennemies. Est descendu à basse altitude pour mieux voir, a subi l'attaque de plusieurs avions ennemis et, au retour, a attaqué un drachen qu'il a mitraillé au sol. Est rentré avec un appareil criblé de balles et hors de service. »

Ce jour du 8 avril 1917, le personnel de la belle et forte escadrille du capitaine René Doumer, ne voyant pas rentrer son chef, le crut perdu. Ce fut, parmi ces jeunes hommes qui affrontaient chaque jour la mort, une explosion de douleur, une véritable désolation. Il était le maître admiré, le chef et le camarade universellement aimé.

« Nul plus que le capitaine Doumer n'avait droit à l'admiration de tous, écrit M. Jacques Mortane. C'était un chef dans toute l'acception du mot ; c'est un héros devant lequel s'inclinaient tous ses pilotes ; c'était un modeste qui savait rester à sa place, quand il aurait pu être mieux à une autre. »

En communiquant, après sa mort, le texte de la citation du 8 avril qui est donné plus haut, le commandant de l'aviation de l'armée écrivait :

« Le capitaine Doumer tenait particulièrement à cette citation qui consacrait des services aussi méritoires, aux yeux de sa haute intelligence, que ses brillants succès de combattant. Il avait d'ailleurs couru, pendant cette reconnaissance faite au nord de la Serre, les plus grands dangers de sa carrière d'aviateur jusqu'au jour où la fortune l'a trahi.

« Je profite de cette occasion pour dire combien je suis fier d'avoir été le chef d'un officier aussi complet que le capitaine Doumer.

« L'alliance des qualités de chef et d'exécutant, de la compréhension tactique et de la virtuosité de pilote, jointes au dévouement le plus pur, le plus constant et le plus désintéressé, n'est point chose commune. Je m'honore de l'affection et de la confiance que celui qui la réalisait à un si haut degré a bien voulu me témoigner... »

Du 8 au 26 avril, les explorations dans les lignes ennemies et les durs combats furent de tous les jours. Pour un chef qui dirigeait les opérations de son escadrille et combattait plus qu'aucun de ses officiers, qui s'occupait des services de renseignements, de photographie, etc., qui faisait les rapports et restait en contact avec le commandement de l'armée, il n'était pas un moment de repos dans cette période de guerre intense.

Le 26 avril, une mission d'observation sur un lourd appareil triplace fut envoyée, au nord de Reims, au-dessus des positions ennemies. L'aviation allemande était puissante et active sur le front de l'armée; elle devait s'opposer en force à une reconnaissance dont l'intérêt était grand dans ces jours d'opérations militaires.

Le capitaine Doumer, puisqu'il y avait péril, décide de prendre le commandement du détachement de protection. Il désigne trois des meilleurs pilotes de l'escadrille. Quatre appareils de combat devaient ainsi escorter l'avion d'observation monté par un capitaine et deux sous-officiers. Mais il se produisit un à-coup : l'avion triplace s'éleva, dit-on, quelques minutes plus tôt qu'on ne s'y attendait. Le capitaine Doumer seul était prêt; il partit aussitôt pour assurer la protection, sans attendre ses trois lieutenants. Ceux-ci s'élevèrent successivement dans les airs ; mais ils ne retrouvèrent pas leur chef et ne purent prendre part au combat.

Dès que l'appareil d'observation eut dépassé les lignes allemandes, près du fort de Brimont, une escadrille ennemie de six ou sept avions s'élança vers lui. Sa perte immédiate eût été certaine si le capitaine Doumer ne s'était pas jeté sur les agresseurs et ne les avait obligés à faire face à son attaque. Il livra un combat d'autant plus dur et difficile qu'il fallait retenir sur soi les ennemis et permettre à nos observateurs de rentrer dans les lignes françaises.

L'avion d'observation put rentrer avec son pilote et ses observateurs indemnes.

C'est pendant plus d'une heure, dit le récit des Allemands, que dura cette lutte trop inégale du capitaine français, seul contre toute une escadrille. D'un observatoire lointain, on crut voir tomber son appareil. Toujours est-il que le capitaine Doumer ne reparut pas le soir.

On espérait encore qu'il n'était que

blessé et prisonnier. Mais la consternation dans le personnel de l'aviation de
l'armée était extrême. Les témoignages
qui en furent donnés par tous sont vraiment émouvants. On en aura une idée par
la lettre intime qu'adresse à sa mère un
des plus jeunes officiers de l'escadrille
Doumer. En la transmettant, cette dame
écrit :

« Je me permets de vous envoyer la lettre
ci-jointe, qui est un cri du cœur et vous montrera
à quel point le capitaine René Doumer était
aimé par ses officiers. Je crois que, dans cette
guerre, peu de chefs ont été capables d'inspirer
une semblable lettre. Je souhaite de tout mon
cœur que le capitaine Doumer ne soit que
prisonnier ; mais notre chère Patrie est privée
des services d'un de ses meilleurs enfants. Il a
laissé un peu de son cœur et de sa science militaire dans l'âme de ses officiers, qui auront à
venger ou à délivrer leur chef... »

Voici la lettre du jeune officier :

« Ma chère maman,

« Notre capitaine, qui était parti, hier après-
midi, escorter un appareil de corps d'armée dans
une mission photographique, n'est pas rentré
à l'escadrille. D'après les renseignements que

nous avons pu avoir jusqu'à présent, le capitaine et l'avion qu'il protégeait ont dû être attaqués par un groupe de Boches... Nous espérons que le capitaine n'est que blessé chez l'ennemi.

« Je t'en avais parlé souvent, ma chère petite mère, de mon chef d'escadrille, et tu savais à quel point je l'adorais. Il était difficile de rêver mieux à la fois comme chef et comme camarade. Aussi sommes-nous tous plongés dans la désolation.

« Que Dieu veuille qu'il soit encore en vie !... »

Un sous-officier de l'escadrille Doumer fait demander qu'on lui procure une photographie de son chef, par un de ses parents qui s'exprime ainsi :

« Le jeune F... avait pour son capitaine une affection et une admiration sans bornes. Il dit que c'est avec joie qu'il se serait fait tuer pour lui, et le chagrin causé par la disparition du capitaine Doumer l'a rendu vraiment malade. Il a dû entrer à l'hôpital ; il est maintenant en convalescence... Ce serait pour lui un réconfort que d'avoir le portrait de son chef. »

Après le combat fatal du 26 avril, l'attente angoissante de nouvelles dura plusieurs semaines. C'est seulement le

« Tombeau de l'aviateur français Capitaine Doumer »
L'épitaphe dit : « C'est le Capitaine Léon René Doumer, pilote
de la 76e Escadrille. Il est mort en héros en combat aérien
le 26 avril 1917 ». Le tombeau se trouve au cimetière militaire
allemand d'Asfeld la ville.

20 mai qu'on connut la mort de l'aviateur.

Le matin de ce jour, un soldat trouva dans nos lignes une enveloppe maculée de terre qui portait cette suscription : « Aux aviateurs de la Vᵉ armée ». A l'intérieur se trouvait, avec deux photographies, une note en allemand ainsi conçue :

« Le capitaine René Doumer est tombé dans un combat aérien le 26 avril 1917, au nord de Brimont. Il a été enterré dans le cimetière militaire des officiers allemands et les honneurs militaires lui ont été rendus, à Asfeld-la-Ville. Deux photographies de la tombe sont jointes à cette lettre, dont une est destinée à Madame Doumer. »

Les photographies représentaient la tombe au moment des obsèques, avec les soldats qui l'entouraient.

Une autre photographie de la tombe seule, sans la présence des ennemis, parut dans l'édition illustrée de la *Gazette des Ardennes*. Sur la croix qui surmonte le tertre est écrite, en allemand, l'épitaphe suivante :

« Ci-gît le capitaine Léon-René Doumer, chef de l'escadrille 76. Il est mort en héros, dans un combat aérien, le 26 avril 1917 (¹). »

Un des grands chefs de l'armée française, le général de Castelnau, qui avait eu René Doumer sous ses ordres, écrivait au lendemain de sa disparition :

« J'espère que ce vaillant entre les plus vaillants aura été contraint par des avaries de son appareil d'atterrir au delà de nos lignes. Vous qui connaissez mon ardente sympathie pour cette belle âme d'héroïque soldat, vous ne serez pas surpris si je partage votre impatience d'être fixé sur son sort... »

Le même général, quand fut reçue la confirmation de la mort du capitaine Doumer dans le combat du 26 avril, écrivit les lignes suivantes :

« Je pleure avec vous le soldat qui a fait plus que son devoir. Non content d'avoir, une pre-

(¹) Asfeld-la-Ville a été pris par les troupes françaises au mois d'octobre 1918. Le tombeau du capitaine René Doumer fut retrouvé intact, avec la croix et l'inscription allemandes, par nos soldats de la glorieuse 45ᵉ division. Ils séparèrent des tombes ennemies, par un entourage, la terre où dormait le vaillant officier français et la couvrirent de fleurs.

mière fois, durement souffert pour son pays, il a voulu lui donner jusqu'à la dernière goutte de son sang. Son âme héroïque a rejoint celle de son frère dans le séjour des bienheureux où tout est paix et justice. La noblesse et la mâle énergie de son cœur laisseront un souvenir impérissable dans le cœur de tous ceux qui l'ont connu... »

Ses camarades et ses soldats, qui l'ont pleuré, gardent à René Doumer un souvenir douloureux et le voient tel que l'a défini la citation à l'ordre du jour qui a fait connaître sa mort à l'armée :

« Magnifique modèle du chef et du soldat.

« Exemple de bravoure et d'honneur militaire... »

A René Doumer.

ÉPITAPHE

Comme un aigle royal, du firmament de moire,
Il chassait les condors, les vautours odieux.
Les lourds oiseaux germains, jaloux et orgueil-
[leux,
Pour le tuer, sont tous sortis de la nuit noire.

Il est tombé du ciel, beau comme un jeune dieu.
L'avion de combat, ainsi qu'un char de gloire,
S'est brisé dans l'arène où s'écrit ton histoire,
Patrie ! avec le sang de tes fils merveilleux.

Il portait un grand nom de fierté sans réplique ;
Son cœur fort et vaillant, ô sainte République,
Aimait ta loi d'amour et ton glaive de fer.

La horde d'Attila vint incliner ses lances
Sur ce tombeau d'espoir. Ci-gît René Doumer
Mort pour la France.

Mai 1917.

BELVAL-DELAHAYE.

STANCES

> Le capitaine René Doumer est tombé dans
> un combat aérien, le 26 avril 1917, au
> nord de Brimont. Il a été enterré avec des
> officiers allemands et les honneurs mili-
> taires, au cimetière militaire d'Asfeld-la-
> Ville... (Rapport allemand aux aviateurs
> de la 5ᵉ armée).

Cornélie au roi Lear entr'ouvrant, ce matin,
Du printemps renouveau la brillante fenêtre
Et cherchant dans l'enclos du paternel jardin
Des fleurs que ne voit plus l'aveugle reparaître :
— C'est un glaïeul violet, père, qui vient de
[naître !
— Non, c'est un héros mort qui fleurit le
[chemin !

Pourquoi ce vers d'enfant et cette souvenance?
Pourquoi cette fenêtre ouvrant sur une fleur,
Dans ce petit jardin d'un humble coin de France?
Et pourquoi ce journal annonçant un malheur
Dont la grandeur égale, hélas ! le champ d'hon-
[neur
Où tout ce qu'on aima désormais fait silence?

·Un fokker survolant a jeté nuitamment
Sur la ligne française un trait de banderole ;
Un sachet qu'enveloppe un drapeau allemand
Contient un peu de sable, — est-ce l'humain
[symbole? —

Et ce papier disant que, sur Brimont-le-Môle,
Un nouveau roi de l'air est mort en combattant.

Le libellé français du billet mortuaire
Dit que les honneurs dus à qui meurt en héros
Ont conduit celui-ci jusques au cimetière
D'Asfeld où ses vingt ans ont l'éternel repos,
Parmi les fleurs de mai qui parent son enclos,
A l'ombre de la croix, la grande, sa dernière.

Si vous allez, mes vers, là-haut dans la maison
D'où l'enfant sur Paris n'eut qu'à déployer
[l'aile
Pour conquérir l'espace et la gloire immortelle,
Dites, dans ce nid d'aigle où naquit cet aiglon,
Au père dont les pleurs offensent la raison :
Ta douleur, Dupérier, sera donc éternelle ?

Mes vers, si vous allez là-bas, jusqu'au Mont-
[Dor(e)
Où notre *Marseillaise* en pastoure est leur
[*Grande*
Que Vercingétorix chanta dans Eygurande ;
Et si cet air qu'on scande à l'enfant qui s'endort,
Berce encore un héros de l'arvernique lande,
C'est que ton fils survit, mère, que tu crois
[mort !

BOYER D'AGEN.

Article de M. Maurice Colrat dans L'Opinion
n⁰ du 26 mai 1917.

NOTES ET FIGURES

RENÉ DOUMER

A la liste, déjà si longue, des jeunes
hommes qui sont morts glorieusement
pour la Patrie, il nous faut aujourd'hui
ajouter un nom : celui du capitaine René
Doumer. Tous ceux qui le connaissaient
et qui admiraient en lui l'heureuse abon-
dance et le parfait équilibre des dons les
plus rares, peuvent témoigner qu'il est
digne d'être inscrit sur la table funéraire,
à côté de ceux que Maurice Barrès a
choisis pour représenter les diverses
familles spirituelles de la France.

René Doumer, à vingt-neuf ans, était
déjà un homme accompli. Il joignait à
une intelligence vive et sûre une volonté
ardente et douce. Il avait le cœur haut et
l'âme grande. Le modèle que M. Paul

Doumer proposait à ses enfants en écri-
vant à leur intention le *Livre de mes fils*,
René Doumer le réalisa pleinement. Il fut
pareil aux plus beaux désirs de son père.
On eût dit qu'il voulait justifier le livre
par une vie exemplaire avant que de
l'illustrer par une mort héroïque.

Quand la guerre éclata, René Doumer
occupait à la Banque Privée un poste im-
portant qu'il ne devait qu'à son effort et à
son mérite. Il venait d'épouser celle qu'il
aimait. Il commençait de jouir de la vie,
d'en jouir gravement, comme d'une
récompense qui reste un devoir, comme
d'une tâche sacrée que l'on accepte avec
joie et que l'on remplit avec scrupule.

Sur les champs de bataille, René Doumer apporta la même conscience. Dans
cette famille, le patriotisme est une reli-
gion. René Doumer fut un admirable soldat, le soldat qui ne se plaint ni ne se rebute
et qui croit n'avoir jamais assez fait. Ses
camarades l'admirèrent et l'aimèrent.
Autour de lui rayonnaient, ainsi que d'un
foyer, la lumière, le courage et la confiance.

Très grièvement blessé, René Doumer
dut renoncer à servir dans l'infanterie.
Alors il multiplia les démarches pour
obtenir d'être utilisé dans l'aviation. Et
il devint d'abord l'un de nos plus habiles
et de nos plus énergiques rois de l'air.
Ensuite, chef d'escadrille, on le cita
comme le modèle des chefs d'escadrille.
Car de telles natures ne se contentent pas
aisément et René Doumer visait toujours
à la perfection et l'atteignait toujours.

Du chef, René Doumer avait toutes les
qualités et, au plus haut degré, la première de toutes : il se donnait. Il est mort
en essayant de dégager un de ses aviateurs à qui était confiée une mission im-
portante. Il fallait que cet avion rentrât
sain et sauf. René Doumer ne pesa pas
longtemps le risque et le voulut pour lui
seul, puisqu'il était le chef.

Nous savons par un message des aviateurs allemands où il est tombé et que les
honneurs militaires ont été rendus à sa
dépouille. « Je tiens à ce que tu puisses
être fière de moi », écrivait-il, quelques

semaines auparavant, à sa jeune femme.
Inclinons-nous devant un si beau langage
où se révèle l'âme d'un preux. Saluons
en René Doumer l'un de nos héros les
plus purs. Oui, celle qu'il avait élue,
ceux qui l'avaient élevé jusqu'à ces
nobles cimes, peuvent être orgueilleux,
dans leur peine, du sacrifice qu'ils ont
fait sur l'autel de la Patrie. Hélas ! de
telles pertes, comment les réparerons-
nous si les morts, dessous la terre, n'en-
seignent pas les vivants?

M. C.

Extrait d'un article de M. Jacques Mortane, publié dans La Guerre Aérienne *du 14 juin 1917.*

LES GRANDS CHEFS :
LE CAPITAINE DOUMER

Peu de chefs d'escadrille étaient plus aimés, plus vénérés que le capitaine Doumer. Donnant toujours l'exemple, s'attribuant les missions les plus dangereuses, il rappelait exactement, par sa valeur et sa belle âme de soldat, le capitaine de Beauchamp.

« Le capitaine Doumer est tombé dans un combat aérien, le 26 avril 1917, au nord de Brimont ; il a été enterré avec des officiers allemands et les honneurs militaires, au cimetière militaire d'Asfeld-la-Ville. Deux photographies de sa tombe sont jointes à cette lettre, dont l'une est destinée à Madame Doumer... »

Tel est le message aérien lancé par l'ennemi et trouvé près des tranchées de seconde ligne qui apprit le sort du capitaine Doumer, porté disparu le 26 avril dernier. Tous espéraient qu'il n'était que prisonnier. Hélas ! pour la seconde fois,

la famille de l'ancien Président de la
Chambre des députés est plongée dans
les larmes. Et nous ne saurions trop atti-
rer l'attention sur la grandeur d'âme et
le patriotisme antiques de M. Doumer :
de par sa situation, il aurait pu essayer
de mettre à l'abri du danger ses enfants.
Dès le premier jour de la mobilisation, il
les envoya au front : deux d'entre eux
sont tombés au champ d'honneur, non
par hasard, mais après avoir accumulé les
actions d'éclat. Saluons très bas cette
famille, admirons sa compréhension de
l'idée de Patrie et présentons-lui nos
condoléances très émues.

Car nul plus que le capitaine Doumer
n'avait droit à l'admiration de tous.
C'était un chef dans toute l'acception
du mot, c'était un héros devant lequel
s'inclinaient tous ses pilotes, c'était un
modeste qui savait rester à sa place,
quand il aurait pu être mieux à une autre,
les aviateurs de son armée me compren-
dront, aussi n'ai-je pas besoin d'insister !

C'est dans l'infanterie, comme lieutenant, que René Doumer, né le 31 octobre 1887, commença la campagne. De nombreuses prouesses le signalèrent à l'attention de tous ses chefs. Blessé grièvement et reconnu inapte pour cette arme, il dédaigna les postes tranquilles qui s'offraient à lui et demanda à être versé dans l'aviation. Quoique marié et père de famille, il désirait jouer encore avec le danger, non pour l'amour du péril, mais pour l'amour de la France !

Il passait son brevet le 26 février 1916, restait quelques jours seulement à la Réserve générale et rejoignait l'escadrille C. 64. Pilote de réglage et de reconnaissance sur Caudron, il ne tarde pas à reprendre le cours de ses exploits.

.   .   .   .

Quelques jours avant sa mort, énervé par des ordres qui lui semblaient contraires au meilleur rendement de l'aviation, il ne veut pas les discuter, parce qu'il est militaire avant tout, mais, dans un accès de fureur héroïque, il revêt son plus bel uniforme avec toutes ses décorations, fait remplir ses bandes de mitrailleuses de balles incendiaires — s'il est pris, il sera fusillé ! — et s'en va loin, très loin à l'intérieur des lignes boches. Il rencontre un groupe de six avions ennemis : il se précipite parmi eux, en endommage plusieurs, a lui-même son appareil atteint en maints endroits, continue sa randonnée. Les blessures de son biplan l'obligent à descendre d'une façon inquiétante. Maintenant, il combat avec toute son énergie pour rentrer. Il va y parvenir, lorsqu'il avise un drachen en ascension. Il baisse encore, va l'attaquer et l'oblige à se faire ramener au sol. Là, de nouveau, il reçoit de nombreux projectiles. Puis il réussit à regagner le territoire français.

Le 26 avril dernier, c'était l'irrémédiable. Le capitaine Doumer, qui se réservait toujours les missions les plus périlleuses commandées à son escadrille, partait pour protéger un avion photographe lent et peu maniable. D'autres appareils, rapides, bien armés, auraient pu remplacer le véritable appât que constituait celui qu'il devait escorter ! Peu importe ! Un ordre est un ordre, on ne doit pas le discuter, même quand... etc... Les deux pilotes s'envolent. A quelques kilomètres en territoire ennemi, le photographe est attaqué, Doumer se précipite à son secours, lui permet de se dégager et de s'enfuir. Le combat continue. On ne revit plus l'as : le Boche parvint à triompher de celui qui semblait invincible.

Le jour où cet officier tomba, l'aviation fit une lourde perte. La modestie, la simplicité, la vaillance et l'héroïsme du capitaine Doumer resteront légendaires dans l'histoire de notre cinquième arme.

JACQUES MORTANE.

Article publié dans La Guerre Aérienne
du 11 octobre 1917.

LE SOURIRE
DE RENÉ DOUMER

Je n'ai jamais trouvé tant de délicatesse
et d'élégante sensibilité jointes à d'aussi
robustes qualités de cœur et d'esprit. Il
était la droiture même et le courage dans
sa noblesse inflexible, mais embellis
d'agréments simples et charmants qui les
rendaient souverainement aimables. Cette
fine nature — fleur exquise de la culture
et du savoir-vivre — dépouillait spontané-
ment toute contrainte ou rudesse, et s'en-
veloppait comme à plaisir de réserve, de
modestie, d'affectueuse mansuétude.
L'estime, l'affection naissaient et s'épa-
nouissaient autour de lui. Il eut parmi
ceux qui le connurent un jour, des amis
silencieux dont il ne soupçonna pas la
ferveur.

Il fut mon élève durant quelques semaines. J'eus le plaisir, aujourd'hui un honneur, de lui donner le **baptême** de l'air. Il m'en avait prié, avec cette simplicité courtoise qui lui était familière. Le temps était brumeux, noyé de pluie fine. Nous n'étions pas partis qu'une panne nous forçait à atterrir. Les secours étaient longs à venir. J'étais maussade, presque confus de la mésaventure. Doumer souriait, et le sourire de Doumer est une des plus jolies choses que j'aie connues.

Il vécut plus tard des heures incertaines et tragiques. J'imagine que ce sourire ne l'abandonna jamais. Alors que d'autres eussent cédé à l'amertume, ce grand caractère, fidèle à la discipline, dut s'élever jusqu'aux sublimes raisons où n'atteignent pas la chicane, l'arbitraire et l'erreur. Les âmes privilégiées ont ainsi de secrètes et loyales revanches où elles sauvegardent leur liberté et leur grandeur.

Le souci de la dignité s'affinait chez lui de subtiles délicatesses qu'ignore et méconnaît le vulgaire. Il était de ces êtres, amoureux par nature d'ordre, de netteté, qui pourchassent jusqu'à l'apparence de la faute, repoussent toute équivoque et n'admettent pas qu'une ombre, si légère soit-elle, puisse ternir leur idéal. Quelques jours avant son départ au front, où l'attendait l'ultime consécration de la gloire, il fit un voyage long et pénible pour se disculper — le mot est bien fort — d'un reproche que lui avait valu l'oubli présumé d'une formalité administrative. En fait, sa conduite avait été des plus correctes. Une lettre suffisait pour mettre les choses au point, et que d'autres en eussent rejeté le souci ! Il tint à venir lui-même. Il s'expliqua et tout de suite eut gain de cause. Le chef auquel il s'adressait, surpris et charmé, le pria d'oublier. Alors sur le visage de Doumer, un instant assombri de gravité, je vis luire à nouveau le sourire loyal et bon — ce sourire que la mort laisse à jamais vivant dans ma mémoire.

Lieutenant X...

MARCEL DOUMER

Capitaine au 20ᵉ Chasseurs a cheval,
Commandant l'Escadrille de Combat Spa. 88.

*Tué en combat aérien, le 28 juin 1918,
aux lisières de la forêt de Villers-Cotterets,
âgé de trente et un ans.*

MARCEL DOUMER

Le Capitaine

MARCEL DOUMER

———

Le capitaine Marcel Doumer servait aux armées, sans interruption, depuis le début de la guerre, quand il tomba mortellement frappé, le 28 juin 1918. Pendant ces quatre années, où il avait pris part à presque toutes les grandes actions, il n'avait reçu aucune blessure sérieuse, malgré son ardeur, son mépris du péril, au-devant duquel il était toujours prêt à aller.

La première et la dernière des citations à l'ordre de l'armée dont il fut l'objet disent quel soldat il a été :

Citation du 10 mai 1915 :

« Marcel Doumer, lieutenant au 20ᵉ chasseurs à cheval, détaché à l'état-major de la 109ᵉ brigade d'infanterie.

« Modèle de bravoure et de crânerie. S'est prodigué sans compter en toutes circonstances depuis le début de la campagne. Le 30 août 1914, allant porter un ordre aux avant-postes, a été entouré par les fantassins ennemis, a eu son cheval tué sous lui par leur feu et ne s'est tiré de cette situation périlleuse que par son énergie et son sang-froid. Le 6 septembre, a ramené au combat des unités désorganisées et les y a maintenues en faisant le coup de feu avec elles. »

Citation du 28 juin 1918 :

« Capitaine Marcel Doumer, fait chevalier de la Légion d'honneur, avec la citation suivante :

« Chef d'escadrille d'élite animé du sentiment du devoir le plus élevé. Par ses remarquables qualités de chef, a su faire de son escadrille une unité homogène et un redoutable instrument de guerre.

« A été grièvement blessé en pleine bataille à la tête de ses patrouilles. »

Sous-lieutenant de chasseurs à cheval quand s'ouvrirent les hostilités, Marcel Doumer fut affecté au 289ᵉ régiment d'infanterie (de Sens), qui faisait partie de la 109ᵉ brigade, 55ᵉ division.

Il était, dès l'abord, ainsi noté par le

colonel commandant le régiment : « Officier intelligent, instruit, rempli de tact.
Monte très bien à cheval. » Mais les combats ont commencé ; la 55ᵉ division a eu
de durs engagements. Le colonel note
alors Marcel Doumer : « Officier très
brave, très actif, très énergique. »

De fait, on le voit partout où la lutte
est difficile. Au milieu des fantassins,
toujours sur son cheval, avec son gai
uniforme de chasseurs qui attire les balles,
il devient légendaire. Les soldats le sur-
nomment « le lieutenant fantôme », ou
« l'oiseau bleu ». Et l'oiseau bleu a bec et
ongles. A des uhlans qui se sont trop
approchés de ses fantassins, il donne la
chasse et revient ramenant deux de leurs
chevaux, dont les cavaliers ont à tout
jamais vidé les étriers. Une autre fois,
pour protéger la retraite, une compagnie
doit faire une contre-attaque sur les avant-
gardes ennemies. Il faut suivre la route
sous la mitraille ; les soldats marchent
courbés dans le fossé qui la borde. Mar-

cel Doumer les accompagne, se tenant à côté d'eux, à cheval, au milieu de la route.

Le commandant de la 109e brigade, le général Arrivet, à la fin d'août 1914, l'enlève au 289e d'infanterie pour l'attacher à son état-major.

C'est là que se produit le fait signalé dans la citation à l'ordre de l'armée dont le texte est plus haut. Au cours de la pénible et dangereuse retraite sur Paris, où la 55e division est pressée par l'armée de von Kluck, « l'oiseau bleu » se prodigue, en proportion du péril. Il va porter un ordre du général à un détachement resté sur la rive droite d'une des rivières, affluent de la Somme, où tant de combats se sont livrés depuis. Au point indiqué, le lieutenant Doumer trouve, au lieu des troupes françaises, une avant-garde de fantassins ennemis qui l'entourent. Son cheval est tué; mais à coups de revolver il s'ouvre un passage à travers les rangs allemands et se jette dans la rivière; il la franchit à la nage et arrive sain et sauf sur l'autre rive, malgré la fusillade dont il est accompagné.

A la bataille de la Marne, il a de nouvelles occasions de se signaler.

La 55ᵉ division, qui fait partie de l'armée de Paris, se trouve une des premières engagées sur l'Ourcq, où le coup d'œil et l'initiative de Galliéni changent le sort de la guerre. Le plateau de Barcy est un des points dont la possession est de première importance à ce début du combat. Le soir venu, les éléments de la 55ᵉ division qui l'occupent sont bousculés et lâchent pied dans un moment de panique qu'explique l'extrême fatigue, après des jours de marche et de lutte sans repos. Le lieutenant Doumer parvient à rassembler quelques centaines d'hommes, avec eux réoccupe le plateau et s'y maintient jusqu'au matin, où l'on vient le secourir.

Un des meilleurs chefs de nos armées de 1914, le général de Lamaze, qui commandait un groupe de divisions d'infanterie, parmi lesquelles la 55ᵉ, apprenant

la mort au champ d'honneur de Marcel
Doumer, écrit combien il en est person-
nellement ému :

« J'avais connu, en effet, dit-il, donc aimé le
futur vaillant et brillant commandant d'escadrille de chasse, alors qu'au début de la guerre
il servait à la 109e brigade, à l'état-major du
général Arrivet, et j'avais admiré son intelligence claire, sa bonne humeur et, par-dessus
tout, son beau courage calme, sûr de soi, qu'il
dépensait au point qu'à deux reprises je lui
avais ordonné plus de prudence. »

Le général Arrivet, qui tomba mortellement frappé d'une balle en avant de
Soissons, écrivait, la veille même de sa
mort, à un de ses amis, le capitaine de
vaisseau de La Noë :

« ... Malgré tout, le moral est bon. J'ai avec
moi d'excellents officiers, dont l'officier de
réserve Doumer, fils de l'ancien président, qui
est brave comme son épée. Nos hommes
l'appellent le « lieutenant fantôme », parce
qu'ils le voient partout où il y a du danger,
toujours debout et impassible au milieu des
obus et des balles. »

Le successeur du général Arrivet au

commandement de la 109e brigade, le général Schmitz, appréciait de même dans ses notes, à la fin de 1915, le lieutenant Marcel Doumer :

« Officier de réserve modèle. Énergie, caractère, courage, belle prestance, belle tenue. Haute notion du devoir. Pratique sans réserve toutes les vertus militaires. »

Passé, sur ces entrefaites, de la 109e brigade à l'état-major de la 55e division, à laquelle il appartenait depuis le début de la campagne, Marcel Doumer était noté ainsi, en 1916, par le général de Laporte, commandant la division, dont on avait peu de temps après à déplorer la mort :

« Jeune, ardent, vigoureux, plein d'allant, a été cité deux fois à l'ordre de l'armée pour sa crânerie et sa belle conduite au feu.

« A fait ses preuves en Artois, comme il les avait faites précédemment.

« Est susceptible de remplir avec succès les missions les plus délicates et les plus périlleuses. »

Dans les diverses batailles de 1915 et

de 1916, en Artois comme à Verdun,
Marcel Doumer avait été le vaillant soldat « d'une folle bravoure », disaient ses
chefs et ses camarades, que les actions
de l'Ourcq et de l'Aisne avaient révélé,
n'ayant d'autre défaut que de s'exposer
jusqu'à la témérité.

Passant, toujours indemne, au milieu
de la mitraille, il portait simplement la
marque d'une balle tirée à bout portant
qui lui avait éraflé et brûlé la peau du
visage, et celle d'un éclat d'obus qui, le
frappant à la tête, avait traversé son cas-
que, l'avait jeté à terre, assommé et seulement évanoui. Promptement revenu à
lui, il ne consentait pas à se laisser porter
à l'ambulance et repartait en avant accomplir sa mission.

La 55ᵉ division, en 1916, passa au
corps d'armée du général de Maud'huy
(XIᵉ corps), pour prendre part à la
terrible et glorieuse bataille de Verdun.
Elle était sur la rive gauche de la Meuse
et combattait vaillamment au Mort-

Homme et à la cote 304, de sanglante mémoire.

Le Mort-Homme occupé par l'ennemi, la colline dont le point culminant est la cote 304 se trouvait âprement disputée. Le sommet était pris et repris sans qu'aucun des belligérants pût s'y maintenir. Une certaine stabilisation se produisit, Français et Allemands occupant les contre-pentes, avec le sommet (cote 304) entre les lignes, balayé par les feux de l'artillerie et de l'infanterie.

Mais les Allemands prétendaient, dans leurs communiqués officiels, que la cote 304 était à eux. Cela paraissait intolérable aux soldats qui avaient si durement combattu et éprouvé tant de pertes pour que l'ennemi ne disposât pas de cet observatoire.

Pour prouver que les Allemands mentaient, Marcel Doumer s'avisa d'aller à cheval jusqu'au sommet et d'y rester, droit et immobile, quelques instants, salué par le feu intense des canons, des mitrailleuses et des fusils. Et il redes-

cendit lentement, sans avoir été atteint, à
la grande joie des soldats français qui
tenaient les tranchées, fiers du défi auda-
cieux d'un de leurs chefs.

Le général Mangin avait pris depuis peu
le commandement de la 55ᵉ division, à la
mort du général de Laporte, quand le
lieutenant Doumer, attiré comme tant
d'autres par l'incessante activité que
réclame l'aviation et les dangers cons-
tants qu'elle fait courir, venait de
demander à passer dans cette arme.
Lorsque, sa demande acceptée quelques
mois plus tard, il quittait la division où
il avait servi pendant plus de deux ans,
le général l'appréciait ainsi :

« Officier de haute valeur et d'un brillant
courage. S'assimile très vite toutes les questions militaires. A rendu d'excellents services
à l'état-major de la 55ᵉ division. »

Ce même général, apprenant la mort
de son ancien officier, à la fin de
juin 1918, disait l'affliction qu'il en res-
sentait et ajoutait :

« Marcel Doumer était pour moi, pour les officiers de mon état-major, plus qu'un frère d'armes. Nous éprouvions pour lui une chaude et cordiale sympathie, développée par son éclatante bravoure et par la loyauté de son caractère. Un jour, nous avons eu l'espoir de le voir venir reprendre sa place parmi nous : ce fut un jour de joie. Et maintenant, nous avons de sa perte un profond chagrin.

« Mais nous n'oublions pas que le capitaine Marcel Doumer est tombé glorieusement au champ d'honneur dans une journée de victorieuse contre-offensive. Nous garderons pieusement sa mémoire. Son souvenir restera vivant parmi ses frères d'armes de la 55e division, et nul de nous n'oubliera qu'il a été, jusqu'au sacrifice final, un des meilleurs serviteurs de la patrie. »

Le général exprime bien les sentiments des camarades de Marcel Doumer dans la division, car ce sont ces mêmes pensées qui reviennent dans les lettres qu'ils écrivent en apprenant la douloureuse nouvelle :

« Doumer laisse de grands regrets à tous ceux qui l'ont connu et aimé. C'était une figure peu commune, une âme virile inspirée des plus nobles vertus. Aussi son souvenir vivra tou-

jours dans le cœur de ceux pour qui il a été
l'incarnation de la bravoure, de la générosité
et de l'honneur... »

« Les deux années que j'avais passées avec lui,
dans une intimité quotidienne, m'avaient appris
à l'aimer fraternellement et à prendre en
exemple sa vaillance souriante devant le
danger et ses qualités morales exceptionnelles.
Il est si rare et si beau de fréquenter un homme
dont tous les sentiments sont élevés et dont
toutes les aspirations sont animées des souffles
les plus purs... »

« J'avais tant espéré resserrer plus tard les
liens d'une affection réciproque et continuer à
voir chez lui le maître de droiture et d'énergie
qu'il n'a cessé d'être pour tous ses amis... »

« Quand il a quitté la division, nous avons eu
le pressentiment que nous ne le reverrions plus.
Il a eu la mort qu'il souhaitait et que nous
craignions. »

Marcel Doumer fut dans l'aviation ce
qu'il avait été dans l'infanterie : un soldat et un chef dans la plus haute acception du terme.

Il avait eu vite fait son apprentissage
de pilote, dans les premiers mois

de 1917, et il entrait aussitôt dans une escadrille des groupes de combat nouvellement formés. Avec eux, il allait prendre part à toutes les batailles de 1917 et 1918, des Flandres à la région nord de Verdun, au Chemin-des-Dames, puis aux redoutables offensives allemandes de mars et de mai 1918, enfin aux contre-offensives de l'armée Mangin qui arrêtaient l'ennemi et préludaient à l'avance victorieuse de nos armées.

Celui qui fut le premier chef de Marcel Doumer dans l'aviation, devenu depuis le commandant d'une des grandes unités aériennes constituées, a retracé ainsi son rôle au cours des derniers mois de sa carrière :

« Le capitaine Marcel Doumer était trop modeste pour avoir laissé entendre quelle place considérable il tenait parmi tout le personnel et les officiers du groupe de combat ; il ne pouvait d'ailleurs pas se douter combien de cœurs s'étaient attachés à lui. Sa passion violente du devoir, qui le poussait à faire le don entier de soi-même et à mépriser ceux qui n'avaient pas le culte de ce devoir auquel lui se sacrifiait, lui faisait porter des jugements inflexibles. Cette rigueur de jugement qui n'admettait aucune compromission dérivait d'une telle noblesse de sentiment qu'elle lui a conquis l'estime de tous ceux qui l'ont connu.

« Ceux qui l'ont approché de près, dont je suis, ont pu savoir en outre quelle sensibilité et quelle chaude bonté se cachaient sous son aspect réservé, et ceux-là l'ont profondément aimé.

« Pendant de longs mois, le capitaine Doumer et moi avons travaillé côte à côte, ayant les mêmes soucis de commandement, les mêmes craintes et les mêmes espoirs. Nous avons veillé ensemble des nuits entières pour préparer des opérations ; il était le collaborateur direct à qui je pouvais confier toutes choses parce que j'avais pu apprécier sa valeur supérieure. Il était la conscience, à l'épreuve de laquelle je voulais faire passer mes propres jugements, tant j'avais pu acquérir de confiance dans les siens.

« Combien de gens à qui il avait dit leur fait durement parce qu'il voulait les voir devenir meilleurs, se doutent-ils des conseils de mansuétude qu'il m'a donnés à leur égard?...

« Après les mois pendant lesquels le capitaine Marcel Doumer fut mon adjoint, j'estimai devoir lui donner le commandement d'une escadrille. Je n'avais pas le droit de garder près de moi un officier possédant, au point où il les avait, les qualités d'un chef.

« L'escadrille à la tête de laquelle il fut placé se débattait dans des difficultés matérielles et morales que seul un officier d'élite pouvait surmonter. Par son inflexible énergie, par l'ardeur passionnée avec laquelle il payait de sa personne, par l'ampleur de ses vues et la parfaite méthode de son esprit, par sa bonté aussi, qui émanait de lui-même à son corps défendant, Marcel Doumer a su en faire une unité merveilleuse.

« Il est tombé glorieusement à la tête d'une patrouille de son escadrille, un jour de bataille. Déjà, dans l'aviation, il avait souvent échappé à la mort qui l'avait frôlé de près, après qu'il l'eût bravée dans d'autres armes...

« Il est mort ayant fait passer son âme même dans l'escadrille entière qu'il commandait. »

C'est le 28 juin, en participant à la contre-offensive de l'armée du général Mangin, entreprise pour dégager la forêt de Villers-Cotterets si longtemps menacée par l'ennemi, que le capitaine Marcel Doumer fut mortellement frappé.

L'attaque avait réussi. L'escadrille Doumer avait combattu avec l'infanterie contre les troupes allemandes et elle venait de repousser victorieusement une escadrille ennemie. Les patrouilles se dispersaient et le capitaine rentrait seul quand il fut attaqué par trois fokkers de nouveau modèle. C'est seulement des lignes de notre infanterie que le combat a pu être suivi : il eut lieu à une assez faible altitude.

On peut résumer ainsi le récit qu'en ont fait les fantassins :

Le capitaine avait mis à mal un de ses adversaires qui rentrait désemparé dans les lignes allemandes et il en attaquait un second, quand le troisième réussit à passer derrière lui et à lui envoyer une décharge de sa mitrailleuse. Marcel Doumer eut, semble-t-il, la force de diriger suffisamment son appareil pour ne pas atterrir sur le territoire occupé par les troupes ennemies et il vint tomber lourdement aux lisières de la forêt, près du village de Dampleux. Il n'avait plus la force de parler, et, aux soldats accourus pour le secourir, il ne put que présenter la plaque d'identité qui était à son bras, puis il perdit connaissance.

Son avion était criblé de balles. La mitrailleuse en était enrayée, observa un caporal mitrailleur.

Le capitaine Doumer fut porté au poste de secours du régiment d'infanterie et ensuite à l'ambulance du village voisin (Boursonne); il ne reprit pas ses sens et expira quelques heures plus tard.

Dès que ses chefs surent qu'il était grièvement blessé, ils le proposèrent pour la Légion d'honneur, et la proposition fut aussitôt ratifiée. C'est sur son cercueil qu'on disposa la croix pour laquelle d'ailleurs il avait été l'objet de cinq ou six propositions, dans l'infanterie, depuis la bataille de la Marne.

Les escadrilles d'aviation firent au capitaine Marcel Doumer d'émouvantes funérailles. Un régiment de cavalerie cantonnant dans des villages voisins tint à y participer, à rendre ainsi hommage à l'officier de chasseurs qui avait fait honneur à son arme d'origine, au service de l'infanterie, puis de la nouvelle arme aérienne.

Le général Duval, commandant l'aviation aux armées, le chef de bataillon Féquant, commandant une des escadres de l'air, le capitaine d'Harcourt, chef du groupe de combat, prirent la parole sur sa tombe.

Le capitaine d'Harcourt évoquait ainsi la figure de son camarade glorieusement tombé :

« Bravoure, crânerie, mépris du danger, ces plus belles qualités du soldat étaient bien celles de Marcel Doumer...

« Vous dire s'il avait pris à cœur ses devoirs de chef, s'il tenait à faire passer dans l'âme de ses subordonnés cet esprit militaire qu'il avait si absolu, s'il avait voulu leur faire partager cette abnégation, cet oubli de soi, ce culte du devoir qui faisaient si bien le fond de son caractère, — à vous qui m'écoutez, ses pilotes et son personnel dont il venait si souvent me parler avec tant de cœur, — il est bien superflu de le rappeler.

« Ses efforts auront trouvé leur récompense. La consternation dans laquelle vous a jetés la triste nouvelle que j'ai dû vous apprendre avant-hier, les larmes que je voyais monter aux yeux des plus impassibles, cette vive émotion de tous, du meilleur au plus humble, preuve manifeste des plus profonds regrets, sont la plus belle récompense que puisse trouver la mémoire d'un chef.

« Il était parti à la tête de son escadrille, grave comme il l'était toujours, mais joyeux de l'action qu'il allait protéger, celle de ces fantassins qui devaient, il le savait, reprendre ce jour-là un peu de terre française... »

Le corps du capitaine Marcel Doumer fut porté, au cours de la cérémonie de ses obsèques et jusque dans la tombe, sur les épaules des pilotes de son escadrille, qui n'avaient voulu laisser ce soin à personne autre.

A côté des fleurs apportées par les habitants du village, se trouvaient en masse celles que les soldats étaient allés cueillir dans les champs pour en joncher le cercueil de leur jeune chef aimé et admiré.

Marcel Doumer avait trente et un ans.

Marié à mademoiselle Cattelain, fille de
l'administrateur du *Bon Marché*, il laisse
deux beaux enfants, une fillette et un
fils, celui-ci né pendant la guerre et qu'il
a bien peu connu.

Ingénieur aux Établissements Decau-
ville de Corbeil, sa disparition provoqua
dans le personnel un profond regret dont
la délibération suivante du Conseil d'ad-
ministration donne l'expression :

« L'administrateur délégué exprime au Conseil
tout le chagrin qu'a causé au personnel ouvrier
de Corbeil, aux agents de tout ordre, aux
administrateurs et en particulier à lui-même, la
perte glorieuse de l'ingénieur Marcel Doumer,
tué au front en combat aérien. Il rappelle les
qualités de dévouement, de conscience du
devoir, de travail que présentait l'ingénieur,
qualités qui se sont retrouvées et se sont encore
développées chez l'officier, dont deux frères
déjà étaient morts pour la patrie.

« Le Conseil s'associe aux regrets que laisse
la disparition de son collaborateur et décide
d'envoyer copie de cette délibération à
madame Marcel Doumer et à ses enfants, en lui
disant la part que nous prenons à sa peine
et avec l'espoir que l'unanimité des regrets
causés par la mort de son mari soit un allé-

gement à sa douleur et qu'elle veuille bien agréer les vœux respectueux que nous faisons pour elle et ses enfants, qu'elle élèvera dans la tradition des Doumer et dont le père laisse un héritage de gloire si pure. »

Marcel Doumer, comme son frère René tombé au champ d'honneur une année avant lui, était né dans l'Aisne, à Laon, et avait passé bien des jours de sa jeunesse dans la maison familiale d'Anizy-le-Château.

Il était attaché à cette jolie région de l'Ile-de-France, plus imprégnée d'histoire et d'art, plus ravagée aujourd'hui qu'aucune autre portion du sol de la la Patrie. Il semble que quelque chose l'y attirait sans cesse au cours de cette guerre, jusqu'à ce qu'il vînt y recevoir le coup fatal.

Combattant avec l'armée de Paris (la 6e armée) à la bataille de la Marne, il marche avec elle, de l'Ourcq sur l'Aisne ; il entre dans Soissons où sa division se fixe et combat pendant de longs mois. Les grandes batailles le conduisent au

nord ou à l'est, pour le ramener fré-
quemment vers l'Aisne et l'y appeler,
en 1918, aux terribles luttes défensives
de mars à mai, puis aux offensives par-
tielles de juin, autour de Villers-Cotterets.

Le premier succès sérieux de ces
contre-attaques a lieu le 28 juin. Il y
trouve la mort, ayant entrevu peut-être
notre grande marche en avant et la
reprise du sol sacré que foulait le pied
de l'ennemi.

Mortellement blessé à la lisière de la
forêt de Villers-Cotterets, à Dampleux,
il expire quelques instants plus tard dans
la petite ambulance de Boursonne.

Le maire de cette localité, en apprenant l'événement, écrit :

« Boursonne !

« Le 1er septembre 1914, il y a près de quatre
années déjà, un noble enfant, petit-fils du grand
Salisbury, l'honorable George Cecil, qui commandait une section du 4e Grenadiers Guards,
se faisait tuer avec ses quatre-vingt-treize
hommes, en barrant la route aux Allemands,
pour défendre sa patrie et la nôtre.

« Il est inhumé dans la forêt, où il est tombé, facé à l'ennemi comme le glorieux capitaine Doumer...

« Nous glorifierons ensemble à Boursonne et perpétuerons les hauts faits et la mémoire des deux héroïques enfants, Marcel Doumer et George Cecil, dans le recueillement et sous la sauvegarde des grands hêtres de la forêt. »

Le nom de Marcel Doumer a été donné au carrefour de la forêt de Villers-Cotterets où est tombé pour la Patrie le beau soldat qui l'avait tant aimée et si vaillamment servie.

La lettre suivante indique comment fut prise cette décision :

MINISTÈRE
DE
L'AGRICULTURE

RÉPUBLIQUE FRANÇAISE

Direction générale
des
Eaux et Forêts.

Paris, le 28 octobre 1918.

« La Société historique de Villers-Cotterets ayant émis le vœu que le nom du capitaine Marcel Doumer fût donné au carrefour de la forêt de Retz où tomba ce glorieux aviateur, il m'a été particulièrement agréable de faire droit à cette demande. J'ai décidé, en conséquence, que le nom du capitaine Marcel Doumer serait donné au carrefour de la forêt domaniale de Retz, situé dans la 9ᵉ série, au croisement de la laie des Grouettes, de la laie des Dayancourts et du chemin vicinal de Villers-Cotterets à Dampleux, dans le voisinage duquel est tombé l'avion monté par cet officier.

« Le nom de votre valeureux fils restera ainsi attaché au lieu où il est mort pour la France, et son souvenir sera conservé dans la région avec cette immutabilité particulière aux lieux-dits des forêts, qui gardent leurs noms quand changent ceux des plaines ou des agglomérations voisines.

« Veuillez agréer, etc. »

Après la mort du capitaine Marcel Doumer, l'escadrille de combat qu'il avait commandée était citée à l'ordre de l'armée, pour la seconde fois, et les noms de ses chefs successifs étaient compris dans la citation. En voici les termes :

Escadrille Spa. 88. — Unité d'élite, animée par un magnifique enthousiasme et le plus pur esprit de sacrifice. Formée par le capitaine D'ASTIER DE LA VIGERIE, blessé en la menant au combat, a été successivement entraînée par le capitaine DOUMER et le lieutenant GUÉRIN, tués, et le capitaine ROZOY, blessé à la tête. Sous leur ardente impulsion et à leur exemple, a pris part à toutes les grandes batailles qui ont assuré le salut et la victoire de la France, et y a fait preuve, malgré de lourdes pertes, du même esprit de bravoure et de complet mépris du danger.

(Ordre du 19 novembre 1918.)

Jusqu'à la fin victorieuse de la guerre, il y a eu bien des officiers et bien des soldats qui, gardant la mémoire du capitaine Marcel Doumer, s'inspirèrent de l'attachement au devoir, de la bravoure et de l'amour de la Patrie dont il a été le vivant modèle.

A MARCEL DOUMER

Capitaine-Aviateur,
Commandant l'Escadrille Spad 88.

Mort pour la France le 28 Juin 1918.

Salut ! noble héros, paladin du soleil,
Chevalier d'avion, aveuglé de lumière,
Bel aigle foudroyé, tombé dans la clairière ;
Repose, beau soldat, de ton dernier sommeil.

Déjà, tes deux aînés, face aux Boches, pareils,
Sont morts au champ d'honneur, et toi, figure
[altière,
Pour les venger, montant, à l'aurore dernière,
Sur ton oiseau d'acier, tu partis au réveil.

Mais, du firmament bleu tombant entre les
[branches,
Ton sang rouge a taché tes grandes ailes
[blanches :
Tu dors dans le drapeau comme au fond de la
[mer.

Et, poète, demain, grand veneur de la gloire,
Je sonnerai pour toi, capitaine Doumer,
La mort du sanglier au terrier de l'histoire.

A. BELVAL-DELAHAYE.

TABLE DES MATIÈRES

9 782019 311889